EL RODADO

Rafel Forteza

ISBN: 978-84-09-09835-4

© *del texto y de las ilustraciones:* **Rafel Forteza**

Ilustración de portada: **Rafel Forteza**

Diseño y maquetación: Balloon Comunicación, S. L.

Imprime: Stugraf Impresores, S. L.

Depósito Legal: M-10097-2019

Al origen, a la amistad, al amor, a la familia.

Sin vosotros no existo.

Una oscura paloma se posó en el suelo cerca de un banco de piedra con respaldo de hierro; lo hizo no lejos de otras aladas que correteaban detrás de las migajas de pan que una niña lanzaba contra el aire, divertida y torpe. Una tierna semilla de maíz se deslizó por entre los dedos del vagabundo inquilino del único banco de piedra de la plaza, rodando por el pavimento de cemento. El brillo del grano y su casi imperceptible destello y sonido provocaron que la cabeza de la gris paloma girara rápidamente hacia aquel apetitoso bocado. El pájaro estiró el cuello y sin pensarlo, al mismo tiempo, lanzó su ala contra un blanco pichón que junto a él pretendía también la semilla.

—¡Eeeeeh! Tranquilo..., tranquilo... No hay para tanto, ¿no?, que es solo un grano.... —exclamó el blanco y dolorido pichón.

—Perdón, lo siento. ¿Te he hecho daño? —se disculpó el rodado.

—Pues casi —respondió Amat, el joven pichón albino.

Rápida, pero ordenadamente, una columna de cándidas palomas acudió al reclamo de la violencia, no para defender a su compañero de aquel extraño, sino porque los incontrolados movimientos habían alertado sus buches.

—Nada, colegas, era solo un grano —dijo Amat, con un leve temblor en la voz, mezcla de contención y miedo.

El pichón dio un salto simulando levantar vuelo sin siquiera plegar las patas ni abrir las alas. Apenas se despegó unos centímetros del suelo, el salto, en contra de su propia voluntad, sorpresivamente, lo aproximó aún más al oscuro palomo que por primera vez veía en su plaza.

Un muchacho pilotando un patinete lanzado a toda velocidad contra el grupo de palomas provocó la estampida de la bandada, que se elevó en espiral sobrevolando la densa arboleda de la plaza en busca de un refugio seguro en la azotea de alguno de los edificios que la rodeaban, atalayas desde donde aguardarían la orden de bajar de nuevo cuando algún humano decidiera repartir limosna en forma de trigo, pan, maíz, pipas de girasol o cualquier cosa digerible por el buche de una paloma.

Sineu y Amat continuaban con sus patas en contacto con el tibio cemento, casi invisibles para el resto de los seres que apresuradamente pasaban junto a ellos.

Amat se dirigió de nuevo al extraño palomo de color grisáceo oscuro:

—¡Eyyy, amigo, te brillan los ojos! ¿Te encuentras bien? —le preguntó.

Sineu no respondió. Se volvió impulso, se elevó.

Amat, el blanco pichón, voló tras él.

—¡Eyyyy, amigo! No quiero entrometerme, pero...

Sineu, interrumpió al joven...

—Si no quieres entrometerte, no lo hagas y si quieres hacerlo, hazlo, pero no hagas lo que dices que no quieres hacer. ¿De acuerdo?

—Jodeeer, tío. ¿Siempre eres así?

Sineu voló hasta lo alto del Banco de Crédito. Tenía sueño, hambre y, sobre todo, tenía miedo. Estaba solo, en su vida se había sentido tan solo.

Llevaba trece días de aquí para allá, completamente perdido; mil quinientos, tal vez dos mil, dos mil kilómetros recorridos y completamente solo y perdido.

Amat se posó a su lado, mirando hacia la plaza, mientras que Sineu contemplaba, en dirección opuesta, el sol.

—Es bonita, ¿verdad? —dijo Amat.

«Nunca las veía, mi palomar estaba orientado al sur —pensó Sineu—. Era seco, no muy caluroso, saludable, pero nunca podía ver las puestas de sol». Hasta hacía poco, jamás había contemplado el alba.

Amat descubrió al callado palomo ausente, embebido en el meloso color del astro que se apresuraba hacia su escondite detrás de una no demasiado lejana meseta.

—¡Nooo! Me refería a la plaza. Es bonita, ¿verdad? Las puestas de sol son casi todas iguales, más rojas, más azules, más violetas, pero todas son iguales; en cambio la plaza... La plaza cada día es diferente, no sabes nunca a quién te vas a encontrar. Je, mira, mira hoy: una semilla y ¡jop! Me encuentro contigo... Por cierto, ¿cómo te llamas?

Sineu no respondió.

—Como quieras. Lo siento, amigo.

Amat se dejó caer, se fundió en una bandada de blancas palomas que ahora volteaban sobre la plaza apurando los últimos rayos de luz filtrados a través de los cañones que formaban las avenidas, serpientes de tráfico y ruido que se abrían entre los edificios situados en el lado noroeste de la plaza.

Sineu ni se giró. Quería hacerlo, quería bajar allí abajo, quería hablar con aquel joven y desvergonzado pichón, pero no lo hizo; se quedó inmóvil, mirando la puesta de sol.

Al poco, las primeras luces artificiales se iluminaron. Encima de los portales de los comercios y bares, llamativos neones de colores atrajeron la atención del oscuro palomo.

Abajo, en la plaza, unos niños acompañados por sus padres jugaban con algunas palomas colocándose la comida sobre la cabeza, en el hombro, en la espalda. La plaza estaba cambiando. Amat tenía razón, cada minuto era diferente.

Ya solo aquel pequeño grupito de cándidas seguía esquivando los envites de los niños a cambio del sustento. Sineu pensó que estas debían de ser las más débiles y por eso aguardaban hasta el último momento para retirarse a descansar y por ello arriesgaban su frágil cuerpo al intento de ser alcanzadas por el juego, por una patada o un manotazo de aquellas inocentes y a la vez endiabladas miniaturas de ser humano.

Olores nuevos, a fritura, a refresco, a perfume de jovencita, a gasolina... Olor a sonido. El rodado siempre pensó que cada sonido tenía su olor: al trueno le sigue el olor a mojado; al disparo, el olor a pólvora y sangre. En su mundo anterior, al silbato le seguía la comida, el olor a trigo, a maíz, a sorgo y a pequeñas habitas, a cáñamo y mixtura.

Abajo, el inquilino del banco desenfundaba una extraña caja con mástil, la recogía en su regazo, entre sus brazos, y empezaba a acariciarla arrancando notas musicales acompañadas de una especie de lamentos. Sineu jamás había visto ni oído una guitarra; lo más parecido a aquel instrumento que podía recordar era una escopeta; ambos emitían ruido, pero lo que acariciaba el viejo y desdentado paria parecía inofensivo, pues el resto de los humanos dejaban que los más pequeños se le acercaran a pesar de que parecían no oír la triste melodía.

*Sineu, macho color
rodado, campeón de
fondo y gran fondo,
capaz de volar más de
ochocientos kilómetros
en un solo día...*

Trece días, no entiendo cómo pudo sucederme a mí. ¿Por qué me perdí? ¿Por qué no paré?

Toda la vida queriendo parar, maldita sea, toda la vida sabiendo que eso es lo más importante y precisamente ahora, al comienzo de mi última campaña...

La luna..., mi luna..., su luna… Las veces que el rodado había hablado con ella, siempre entre barrotes, las veces que le dijo a Pintada «hoy no entraremos en el palomar, pasaremos la noche fuera y volaremos juntos bajo la luna, tu luna, mi luna...». Las veces que se lo dijo, las veces que no lo hizo. Hoy su corazón cambiaría la vida por un poco de su amor. Cambiaría su vida por un vuelo con ella, pararía en el cielo y caería hasta el suelo por un poco de ella, su vida, su guía, su amor. Nunca pensó que podría perderse aquel día, que podría romperse su vida por un poco de lluvia..., la lluvia.

Siempre voló como un ángel del cielo. ¿Y la lluvia? La lluvia era su juego, siempre voló

con los ojos cerrados cuando llovía y al abrirlos comprobaba lo certero de su vuelo. Entonces, ¿por qué? Trece días llevaba perdido,
trece días sin ella…, su vida.

Hinchó el buche y lanzó lamentosos arrullos de dolor y de angustia a la luna…, su luna.

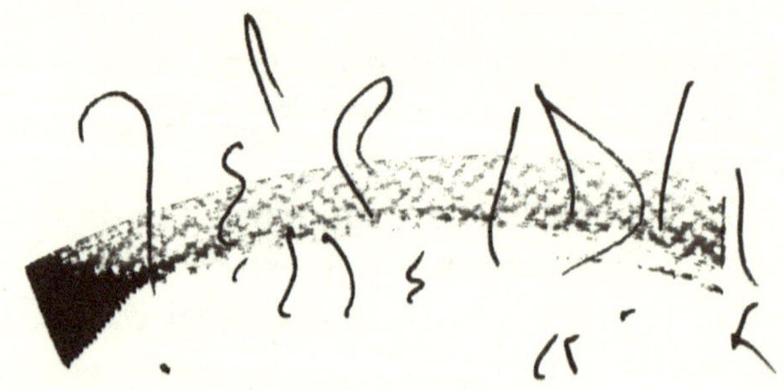

Francisco, el inquilino del banco de piedra, sintió la angustia en el aliento de un violonchelo que tras los cristales de una de las aulas del cercano conservatorio gemía trágicos pasajes.

Levantó despacio su dolorido cuerpo, escondió su guitarra en la funda de tela pasando el dedo por encima del diminuto broche que junto al asa llevaba insertado y que representaba una paloma sobre el globo del mundo. Algunas exclamaciones se escapaban de entre sus labios mientras avanzaba arrastrando las sandalias sobre el pavimento de cemento, que discurría entre parterres tapizados por begonias y petunias al compás de los ecos musicales que llegaban transportados por la suave y perfumada brisa del magnolio.

—Menuda porquería de jardín; no sé por qué se empeñan en plantar florecitas que, al fin y al cabo, no duran más de dos días. Si, total, los perros se pasan el día mojándolas y así, claro, solo huelen a amoníaco... Si yo fuera el alcalde, mandaba arrancar todo esto, árboles incluidos, que no hacen más que tirar porquería, hojas y más hojas que hay que barrer. Y encima las palomas, esas sí que son una guarrería. Si yo fuera alcalde…

—Yo me marcharía de esta ciudad —interrumpió Francisco al otro desdichado que había pasado junto a él.

—Franciiiiscooooo. Espera, hombre —exclamó la otra alma—. ¿Cómo que te ibas a marchar? Si yo fuera alcalde, tú serías el sub-alcalde o como se diga; tendrías un coche con banderitas y sirenas de colores...

—Y una ciudad con un alcalde borracho, eso es lo que tendría.

Agarró Francisco, el inquilino del banco, a su compañero por el brazo. Notó la escasa y blanda musculatura que cubría los frágiles huesos de mendigo bajo una gabardina con bolsillos descosidos y repletos de recuerdos, de pequeños objetos mezclados con todo lo que parecía comestible y guardaba el borracho, economato ambulante que iba acumulando durante el recorrido diario por los contenedores de basura. Observó la gabardina color indefinido que le recordó una tela de camuflaje salpicada por ocres, verdes y cadmios apagados. El desgraciado ser que acompañaba sus pasos de camino a una especie de albergue para hombres con el alma perdida no era más que otro paria que intentaba hacerse invisible en la ciudad. Unos lo intentan con el alcohol, otros ni siquiera con esto.

Al inquilino del banco le dolía aceptar que estaba perdido, que su vida no tenía sentido; le costaba admitir que ahora era una especie de sucia y desagradable paloma en un jardín de la ciudad, pero no quería, además, ser un borracho. Quería seguir sabiendo por qué sentía su dolor, quería seguir sabiendo por qué se abandonó. Francisco no quería olvidar… Francisco buscaba una respuesta a algo que era incapaz de preguntarse.

—¿No me dirás que has pasado la noche aquí arriba? Lo tuyo es alucinante. ¿Por qué no has bajado? —preguntó Amat.

El blanco palomo no se daba por vencido. Algo le decía que aquel intruso tenía muchas cosas que contar, y a Amat lo que más le gustaba eran las historias; de ellas extraía argumentos para conquistar a las jóvenes y más hermosas compañeras de palomar.

—¡Aaaaaah! Claro, ya sé. Pero por ahora no debes preocuparte por ello: es octubre y hasta diciembre, a mediados, no vienen a por las palomas de color.

—Perdón. ¿Cómo dices? ¿En diciembre qué? —preguntó el rodado.

—Pues eso, que en diciembre vienen a por las palomas de color, las enjaulan y después o les arrancan la cola y los humanos las utilizan para el tiro al pichón o las sacrifican y las llevan al hospicio como alimento de los humanos más pobres.

Las plumas de la espalda del joven Amat se erizaban al contar esto. Aún recordaba el pasado diciembre, cuando él vivió esa experiencia de selección por primera y única vez. Recordó el chirriar de la puerta del quiosco. La puerta permanecía cerrada durante todo el año y solo se abría en mayo, cuando iban a vaciar de excrementos el local, y en diciembre, la muerte. O la suerte de no tener plumas negras, su suerte de ser blanco como el azúcar. Recordó su primer diciembre, antes de Navidad, el frío, la puerta y la luz, la luz de la linterna, enfocando a los ojos, ojos de horror y de miedo, el vuelo, el vuelo imposible en tan poco espacio, y el sueño, interrumpido por el miedo. Siempre recordaría el momento en que se llevaron a su amigo Dar; se lo habían advertido, no entables amistad con él, no te conviene, te hará daño. Pero no fue Dar quien lo dañó, fueron aquellos hombres del mono azul, fueron aquellos hombres de la linterna los que se llevaron a Dar por tener el pecho cruzado de negro, por no ser tan blanco como el resto.

—Es curioso —dijo Sineu—. No sabía lo de las palomas de color. En mi palomar pasaba al revés, cuando una paloma tenia demasiadas plumas blancas era sacrificada.

—¿Por qué? —preguntó Amat sorprendido.

—Pues porque mi propietario decía que una paloma mensajera blanca tiene pocas probabilidades de sobrevivir a un ataque de halcón.

—¿Vivías en un palomar de mensajeras?

—Pues claro —respondió Sineu con una mueca de orgullo.

—Tú…, tú…, ¿tú eres una mensajera? —dijo el pichón casi tartamudeando.

Los ojos de Amat se habían abierto como platos; había oído de ellas, pero nunca había tenido, hasta ahora, la oportunidad de hablar con una.

—Vaya la élite, ¡ja! Ahora entiendo tu orgullo.

—Sineu, me llamo Sineu. Tengo ocho mudas de edad. Desde la primera viajé en pruebas de velocidad y, después de la tercera, fondo y gran fondo. Gané un campeonato regional que me valió la segunda plaza en el nacional. Y como puedes observar, mi color es rodado puro.

El macho rodado había sido un excelente competidor, disfrutaba de cada suelta, su vuelo era potente, podía remar al aire durante horas y horas, llegar a perder hasta un tercio de su peso.

La competición era solo una excusa; a Sineu lo que le gustaba era viajar. Después de la primera muda, a los seis meses de edad, su propietario se lo llevó a él y a unos pocos compañeros de su generación a un lugar despejado, sin obstáculos que pudieran entorpecer su huida hacia el cielo. Este lugar se encontraba a unos cincuenta kilómetros del palomar. Habían pasado la noche en una pequeña jaula de madera pintada color plata y habían llegado hasta allí en un divertido viaje en motocicleta, una vieja y ruidosa motocicleta. Después, el humano, al llegar al descampado, dejó la jaula en el suelo durante unos minutos para que las palomas pudieran empezar a tomar consciencia de en qué lugar se encontraban y, luego, abrió la puerta, y ¡la luz!, deslumbrante luz. Había pasado diez horas a oscuras y por fin el vuelo…

Volar… Volar…

Se elevaron todos juntos, voltearon el lugar tres o cuatro veces y sin saber el porqué se dirigieron hacia su palomar con prisa, sin saber por qué, deprisa, deprisa. Pronto, Sineu aventajó a los demás. Mientras, el joven humano emprendía la vuelta con su motocicleta… Volando… Volando sobre la carretera.

Sineu y el humano llegaron casi a la vez, y ya, desde aquel día, Sineu esperó las sueltas con impaciencia.

—¡Uuuuuaaaaaaaaaaaaaaauuuuuuu! —exclamó el pichón—. Lo que te dije... Alucinante, sabía que eras alucinante.

—¿Alucinante? Venga, hombre... ¿Y tú cómo te llamas?

—Amat, me llamo Amat. Tengo una muda de edad, y nunca he volado más allá de la tercera bocacalle de Vía Roma. Si lo hiciera, creo que ya no sabría regresar, o por lo menos eso es lo que dicen todos. En cambio, vosotras, las mensajeras... Buah. ¿Cómo lo hacéis?

Amat no se podía creer que enfrente de él tuviera a un atleta, algo mayor, eso sí, pero un auténtico campeón.

La admiración que Amat sentía por aquel casi desconocido iba creciendo por momentos y la sinceridad del joven blanco había cautivado a Sineu, el mensajero rodado.

—Pareces fuerte para ser una paloma de jardín. Yo creo que puedes ir un poco más allá de donde has llegado hasta ahora. Venga, vamos.

Se lanzó contra el vacío el rodado, con las alas plegadas, dejando que su cuerpo cayera casi a plomo unos veinte metros.

Amat se quedó pegado al pasamanos de la balaustrada.

Hasta ese momento, pensaba de sí mismo que era un palomo valiente, atrevido… Pero esto…

—Ni lo sueñes. Soy joven, pero no estoy loco… El mes pasado, mi amigo Lan se fue, pasó de allí —indicó con la cabeza el campanario de la iglesia de San Miguel donde vivía otra bandada de palomas— y nunca más hemos sabido de él —gritó Amat, mientras daba rápidos pasos de un lado a otro sin abandonar el pasamanos de la balaustrada, estirando y encogiendo su cuerpo, como si una reja invisible no le dejara despegar.

—Tal vez encontró algo mejor —respondió el rodado, al tiempo que remontaba el vuelo.

—Nada, qué va. ¡Cómo quieres que exista algo mejor que esta plaza!

—Oye…, no sé si mejor o peor para ti, pero existen otras plazas, te lo puedo asegurar.

—Vamos, Amat. Eres fuerte, no tengas miedo, confía en mí, te prometo que en tres minutos estarás de vuelta.

Sineu batió las alas y, sin esfuerzo aparente, con solo agitarlas un par de veces, ya se encontraba en la calle Olmos. «Sígueme —pensaba—. Vamos, sígueme...».

Habría recorrido unos doscientos metros cuando escuchó los gritos de Amat.

—Espera, espera, amigo.

El rodado analizó el vuelo del pichón, no era tan torpe como el de otros blancos palomos de jardín. Nunca podría volar más de dos horas seguidas, pero, con un poco de entrenamiento, podría llegar hasta una decena de pueblos cercanos, hasta las montañas y hasta el mar, el mar hacia donde ahora se dirigían.

—Tienes una pluma rota. ¿No la oyes? —advirtió Sineu.

—Ya… Fue la semana pasada, me di contra el cable que sujeta la antena de la casa Riera.

—Piensa que esta pluma no la cambias hasta dentro de once meses. Cuida de tu plumaje, debes comer más leguminosas y no tengas pereza de encerarte.

—Oye, creía que íbamos de excursión, ¿no?

Sin darse cuenta, habían llegado hasta el paseo marítimo.

—¡Buaaaaaaah! —exclamó Amat—. Menuda cantidad de gaviotas, qué barbaridad.

—Vamos, Amat, sígueme. Vamos a parar allí abajo, cerca de aquellos ángeles de piedra; desde allí divisarás todo el paseo y el puerto.

Se posaron en la fachada de la catedral, la perspectiva era magnífica. Amat miraba asombrado a un lado y a otro, pero eran las gaviotas lo que más le llamaba la atención.

Sineu, con una amplía sonrisa, observaba a su compañero. Por unos instantes se había olvidado de su propia desesperación, de aquella agonía que le apretaba el cuello sin apenas dejarle respirar.

Sineu era una mensajera perdida, errante, y no existía nada peor para las de su raza que volar sin saber hacia dónde. Ahora, aquellos pocos de cientos de metros le habían devuelto un poco de su confianza; por lo menos, sabía el porqué de su vuelo desde la plaza hasta la catedral. El joven albo no sospechaba los temores que tenían al rodado atrapado, sino todo lo contrario: Amat estaba convencido de que aquel maduro atleta era todo seguridad.

—¿Qué opinas de las gaviotas? —preguntó Amat, ladeando la cabeza y aplastando contra la cornisa su cuerpo cada vez que una de ellas los sobrevolaba.

—¿Y tú? —respondió Sineu con otra pregunta.

—Yo opino que son grandes e inquietantes, que vuelan bien y que están un poco piradas.

—¿Sabes? Mi dueño, muchas tardes, nos leía un libro sobre gaviotas —dijo Sineu.

—¿Un libro sobre gaviotas? ¿Y por qué hacía eso?

—Venía al palomar con un taburete, se sentaba. Luego abría el libro y empezaba a leer. Los tres primeros años, no comprendía absolutamente nada. Tenía demasiadas cosas en la cabeza como para enterarme de lo que decía un humano, pero, poco a poco, empecé a prestarle atención. Mi pareja me ayudó mucho. Pintada era muy paciente e inteligente y después, cuando mi propietario abandonaba el palomar, Pintada me explicaba lo que había estado leyendo. El libro se titulaba *Juan Salvador Gaviota*. Contaba la historia de una gaviota empeñaba en perfeccionar su vuelo, en ser mejor, en ser libre, y a la que no le importaba el precio que tendría que pagar para realizar sus sueños. Bonito, ¿no te parece?

—No sé, me resulta complicado entenderlo.

—No te preocupes, a mí también me lo parecía. Al principio, estas sesiones de lectura solo eran divertidas. Todos los jóvenes ocupábamos los nichos de la parte alta del palomar. Allí nos divertíamos peleando por el nicho una y otra vez. Jugábamos a expulsarnos del nidal del rincón y, al entrar el humano, ¡quietos!, nos quedábamos inmóviles. Todos queríamos el nicho del rincón porque desde allí divisábamos el palomar de las parejas...

—¿Parejas? —interrumpió Amat.

—¡Sí! Teníamos un palomar exclusivo para las parejas. Entonces, si conseguías quedarte en el nicho del rincón, podías estar distraído todo el rato de lectura observando a los amantes cortejarse. Era divertido, ya lo creo...

—¿Y el libro?

—Maravilloso. Como te decía, después del tercer año entendía el lenguaje del humano y aquella historia me ayudó en muchas ocasiones… El humano, qué tío, se subía al taburete, gesticulaba, saltaba abriendo los brazos y corría de un lado para otro, simulando el vuelo de Juan Salvador Gaviota. «¡Podéis hacerlo!», nos decía, «¡podéis ser las mejores!... Si uno no es el mejor, ¡no es nada!».

—¡Qué tipo! —exclamó Sineu.

—¿Era buena persona? —preguntó Amat con un hilo de voz, pues seguía aplastado contra la cornisa de piedra.

—Nos quería a su manera… ¡Pero levanta de una vez, Amat; las gaviotas no van a hacerte nada!

—¿Cómo se llamaba?

—No lo sé, nunca llegué a conocer su nombre. Cuando venía al palomar, dos veces cada día entre semana y todo el día los sábados y domingos, lo hacía solo y, claro, nadie le llamaba. Después, los días de enjaule yo estaba demasiado excitado para poder entender el lenguaje de los humanos. Pero nosotros, cuando nos referíamos al humano, le llamábamos Él. «Ya viene, ya viene Él», decíamos.

—¿Qué es el enjaule? Parece que le querías. ¿Le echas de menos?

—Vamos a ver aquellos barcos —dijo el rodado.

Y mientras se dirigían hacia ellos, le fue contando que el enjaule consistía en que eran introducidas todas las palomas que iban a competir en unas jaulas especiales. Cada propietario llevaba desde su casa, transportadas en cestas particulares, una selección de palomas para la ocasión. Después, al llegar a un local social, les ponían una anilla de plástico en una pata y eran introducidas en una jaula de mayor tamaño junto a otras mensajeras desconocidas, siempre separadas por sexos: los machos eran enjaulados junto con los machos y las hembras junto a sus iguales. Entonces, aquella misma noche o al día siguiente de madrugada, las jaulas eran llevadas hasta el punto de suelta y desde allí, al ser liberadas, todas las palomas debían apresurarse a regresar a su palomar. Cuando llegabas a tu casa, el colombófilo se precipitaba sobre ti para recoger la anilla de plástico que llevabas en la otra pata y la metía dentro de un reloj controlador precintado. Tu dueño hacía girar una llave del reloj y tu hora de llegada quedaba estampada en un rollo de papel que aquel complejo artilugio contenía. Por la noche, cada propietario llevaba a la sociedad todos los relojes que habían registrado las llegadas de palomas. Además, para que todo fuera más transparente, cada uno de ellos presentaba a su primera paloma registrada...

—No era un ambiente muy agradable para nosotros, pero se compensaba con la admiración que los ganadores despertábamos entre todos los presentes. ¡Había que ser el más rápido! —dijo el rodado mientras le guiñaba un ojo.

Una nueva vitalidad despertó en el interior de Sineu. Apenas había dormido la última noche, pero la brisa que llegaba del mar hacía que Sineu recobrara fuerza por momentos. Aprovechaba cada instante para intentar reorientarse, para tomar puntos; necesitaba saber hasta dónde había llegado en su vuelo sin rumbo.

Catorce días atrás, cuando Sineu participaba en una prueba sin dificultad, un entrenamiento de velocidad sin complicación aparente, una fuerte tormenta le sorprendió en mitad del mar. Podría haberse posado sobre un barco que cruzó su camino, podría haber parado como hicieron el resto de los palomos de su grupo, pero él no lo hizo, él no paró, siguió volando con los ojos cerrados, volando pensando en su amor, pensando en ella, pensando que tal vez aquella fuera su última competición, pensando que quizás una vez más él sería la única paloma que conseguiría realizar el trayecto con tormenta.

Tuvo suerte, podría haber resultado peor, podría haber confundido el mar con el cielo, podría una ola haberse tragado a Sineu. Pero él maldecía el momento en que no paró, el momento en que la ambición le engañó y le llevó hasta Dios sabe dónde.

Cuando la tormenta cesó, Sineu llevaba doce horas de vuelo, tal vez ochocientos kilómetros recorridos y, seguramente, se encontraba entre cuatrocientos y setecientos kilómetros lejos de su hogar. Además, tenía la duda de que, si conseguía regresar, fuera un palomo considerado como antes. Sabía que en el palomar otros palomos pretendían a su pareja y sabía que Pintada era un lujo demasiado grande para su propietario como para tenerla sin reproducir...

«No pienses en ello», se dijo a sí mismo.

Ahora solo tenía que concentrarse en recuperar fuerzas, en organizar todo su sistema orientativo, en realizar trayectos de ida y vuelta cada vez más largos, en hacer lo mismo que él indicaba a su joven amigo.

—¿No estamos volando muy bajo? —preguntó Amat.

Naturalmente, era la primera vez que Amat volaba sobre el Mediterráneo, y aquel vuelo, apenas a dos metros de altura sobre las aguas, cuando menos, inquietaba a la blanca paloma.

—No te preocupes —dijo Sineu.

—¿Regresamos? Por favor, ¿regresamos?

—¿Tienes miedo…? —preguntó el rodado.

Sineu estuvo a punto de forzar la situación y hacer que Amat perdiera realmente los estribos, pero no lo hizo. Amat era buen chico. Además, solo era una paloma de jardín.

Recordó Sineu que, cuando era joven, se provocaban con las otras palomas yendo un poco más lejos de los límites conocidos y cómo los menos atrevidos se iban descolgando de la bandada para regresar al palomar. Estos juegos, además, también le servían a Él, el propietario de Sineu, para saber qué palomas serían las mejores viajeras y cuáles eran realmente las líderes, las destinadas a perpetuar su estirpe.

—¿Regresamos? ¿Volvemos a la plaza?

—Claro. Por hoy es suficiente.

—¿De verdad sabes regresar? —dijo el incrédulo blanco.

En aquel momento, al cándido palomo le parecía que estaban lejísimos de la plaza y que incluso para su amigo el mensajero aquello era una tarea imposible.

—Y tú también seguro que puedes hacerlo —respondió el rodado.

—Estás loco... No sé dónde estoy... Todo me da vueltas, de verdad…

—Tranquilo. Sobre todo, mantén la calma. Hemos volado hacia el sur, ¿verdad? Hemos volado con el sol sobre nuestra ala izquierda, de eso hace solo dos horas, el sol esta aún en el este. Entonces, ahora, debemos volar con el sol sobre nuestra ala derecha. Así de fácil.

—Je, muy fácil para ti, pero para mí…

—Vamos, gira desde tu posición actual unos noventa grados sobre la derecha y luego vuela en la misma dirección seis minutos y estarás en casa.

Así lo hizo el blanco. Amat iba delante, estaba cansado, su retina fijaba todas las calles, tejados, antenas de televisión y anuncios que iban dejando atrás. Volaba en dirección norte como le había indicado su maestro, tenía prisa por llegar y contar a los demás hasta dónde había llegado, iba pensando en que se convertiría en un héroe. Seguro que nadie en la plaza había llegado tan lejos.

—¡Buaaaah, Sineu! ¡Qué pasada…!

No obtuvo respuesta. Sineu ya no le seguía, le había dejado solo. Sabía que si el joven Amat conseguía llegar solo a la plaza, su propia estima crecería y sería respetado por su valentía por el resto de los compañeros blancos.

«¿Dónde se habrá metido?», pensaba.

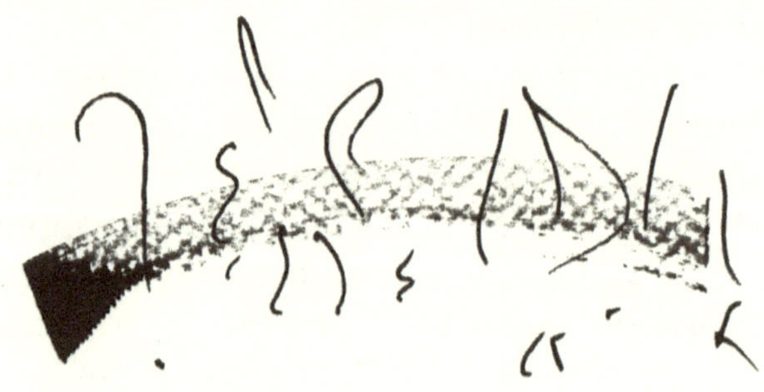

—Buenas tardes.

—Buenas —contestó el resto.

Un palomo rodado se posó junto al grupito de jóvenes palomos que estaban en la fuente. Sineu bebió despacio, a pequeños sorbos. Sus fuertes hombros temblaban intermitentemente, lo que denotaba que había realizado un gran esfuerzo; seguramente había estado volando buena parte del día.

—¡Sineu! —exclamó Amat.

Sineu sabía que su compañero había estado fanfarroneando. Él a su edad habría hecho lo mismo.

El joven pichón temía que el rodado se refiriese a los miedos de la mañana.

—¡Hombre!, pero si es el joven que esta mañana volaba en el puerto. Veo que no eres un pájaro común. Pensaba que vivías en el puerto. Caray, chico, nunca imaginé que pudieras vivir tan lejos de la catedral —dijo Sineu, convirtiéndose en su cómplice.

Rotja, una joven y hermosa blanca paloma, miraba a Amat maravillada. Era cierto, todo lo que le había estado contando Amat era cierto. Su compañero de juegos desde pequeños había volado más lejos que cualquier otro palomo de la bandada.

Sineu, el macho rodado, levantó vuelo.

—Espera.

El joven le siguió. Rotja intentó ir tras ellos, pero Amat le pidió que no lo hiciera.

—¿Dónde has estado? Me has tenido preocupado todo el día.

—¿Preocupado? ¿De verdad?

—Pues claro, pensé que te habías partido el pecho en algún cable y que yo no me había dado ni cuenta.

—Exagerado.

—¿Qué me cuentas? ¿Dónde has estado? —insistió Amat.

—Cerca de aquí, a hora y media noreste, hay un campo de vezas recién sembrado y otro de trigo. Mucho grano está sin enterrar, es un buen comedero.

—Hora y media es demasiado para mí —se lamentó el blanco.

—En una semana estarás listo. Mañana empezamos a entrenar y el próximo viernes salimos para allá —dijo Sineu en un tono que no dejaba espacio para ninguna duda.

Amat estiró su cuerpo tanto como pudo. Esta era la mejor noticia, la primera esperanza de futuro, el primer reto planeado de su vida. Hasta ahora solo se había preocupado de no dejarse atrapar por algún gato, de escapar de los niños de la plaza, de comer todo cuanto podía, de no meterse en demasiados problemas, pero nunca se había planteado el prepararse para algo que tendría que hacer dentro de una semana.

—De acuerdo, estoy de acuerdo. ¿Puedo hacerte una pregunta sin que te molestes?

—Prueba.

—¿Por qué tienes la nariz tan desarrollada?

—¡Jajaja! Es la edad y la raza; a los machos de mi estirpe, a partir de la cuarta muda, nos crece la napia. ¡Qué le vamos a hacer! A mí me gusta.

—¿Has estado emparejado alguna vez?

—¿Esto es otra pregunta o es la misma de antes?

—Lo siento.

—No lo sientas, hombre, estaba bromeando. Sí, lo he estado, con Pintada, una hembra bariolé. Tuvimos juntos ocho puestas, de las cuales trece pichones fueron anillados.

—Como tú, ¿verdad? ¿Por qué llevas esta anilla? ¿Es esa la que te ponen cuando te enjaulan?

—No, esta es mi documentación. Es de metal y solo se podría extraer si me cortasen la pata. ¿Ves? Aquí hay un número y unas letras que indican mi nacionalidad y el año de mi nacimiento. Cuando tienes seis días de edad, tu propietario te anilla.

—¿Y cómo pueden pasarla?

—No es complicado. Como te he dicho, cuando eres muy pequeñito, con seis o siete días como máximo, tiran del cuarto dedo hacia atrás pegándolo a la caña de la pata, juntan los otros tres dedos y ya está, pasan la anilla. No debe hacerse antes del quinto día, pues es fácil que se salga sola y, si tu propietario no se da cuenta, quedas indocumentado de por vida, lo que significa que tienes muchas probabilidades de acabar en la cazuela. Cuando anillan a un pichón tuyo es un orgullo, es la aceptación de tu fruto, es la esperanza para el futuro, y piensas que algún día aquel número de la anilla estará en un diploma certificando que aquella paloma ha recorrido ochocientos kilómetros en menos tiempo que ninguna otra. Y la anilla del enjaule es otra, la del enjaule es una anilla elástica que también lleva marcado un número. Al presentarte a un concurso se lee en voz alta el número de tu anilla de nacimiento y, al mismo tiempo, te colocan la de plástico que lleva otro número, con lo que quedan así emparejadas las identificaciones para ese concurso.

—Paaaaraaaa, para, para. Demasiado complicado. ¿Qué ha sido de ellos? De tus hijos, me refiero.

—Él cambió algunos con sus compañeros. Esto es práctica común, deben renovar la sangre del palomar, es importante traer otras estirpes. Otros se quedaron y volaron con nosotros. ¿Sabes?, ya soy abuelo.

—Pues yo todavía no me he emparejado nunca.

—Eres muy joven, espera a la próxima primavera. Yo creo que aquella joven con la que hablabas…

Amat cambió rápidamente de tema de conversación; estaba quizás enamorado de Rotja, pero no quería que se le notase demasiado.

—¿Bajas a dormir al quiosco? —preguntó el blanco—. ¿Bajas? —dijo de nuevo.

—No, prefiero ver la puesta de sol y quedarme aquí arriba. Gracias por preocuparte por mí; hacía mucho que nadie me decía que me echaba en falta. Mañana al romper el alba te espero aquí arriba, recuerda. Mañana empieza tu entrenamiento.

—Aquí estaré.

Y Sineu, una vez más, se quedó solo en lo alto del edificio del banco. Unos pocos excrementos en la cornisa delataban que había pasado allí otra noche. Al viejo rodado también le habría gustado bajar hoy al quiosco, pero tampoco se atrevió. «¡Qué pensarían de mí, se burlarían! ¡Una mensajera en un palomar de blancas y tunecinas! Dios mío, ¿dónde estoy?, ¿dónde estoy?». Cerró los ojos y encogió una pata. Al escuchar los acordes de la guitarra acariciada por el extraño individuo inquilino del banco de piedra de la plaza se sintió levemente acompañado y por fin durmió toda la noche.

Pintada.

Una pequeña ventana por la que se colaba el bramar de los tubos de escape de las motocicletas; unas paredes blancas, pequeñas paredes blancas; un póster colgado de la pared, rodeado de un sencillo marco metálico; dos camas, blancas también; una puerta cerrada, con una luz piloto sobre el umbral, y otra puerta; una jirafa metálica de la que colgaba una bolsa de plástico y un monitor con lucecitas; unos tubitos que conectaban la bolsa de plástico que contenía un líquido transparente con el cuerpo de un joven tendido y cubierto hasta el pecho por una sábana blanca.

Ladeó su cabeza y una gotita de saliva mojó la almohada. La humedad en su propia mejilla despertó a Juan.

Habían transcurrido cuarenta y dos horas desde que un taxi, al acudir a la llamada insistente de una anciana, desvió su dirección bruscamente y golpeó, bajo la fina lluvia, el cuerpo de un joven que cruzaba la calle distraídamente, con la cabeza baja, intentando evitar los charcos, observando los maravillosos colores reflejados en ellos, pensando en lo difícil que le resultaría el vuelo a cualquier paloma bajo aquella lluvia.

Parecía que no había ocurrido nada, todo seguía igual, la lluvia seguía inundando la calle Cordelería y la anciana mujer permanecía reclamando el taxi. Solo después de algunos segundos cambió la situación en aquel escenario; ya no era el reflejo de las luces de los frenos de los vehículos lo que teñía el agua de la lluvia de rojo, era la sangre del cuerpo del joven, era la sangre que halló salidas a su impulso, era el rojo y espeso líquido el que se desparramaba sobre el asfalto.

El taxista, un cincuentón de ancha silueta, se llevaba las manos a la cabeza al tiempo que se preguntaba de dónde había salido aquel cuerpo. La anciana mujer dejó de reclamar para acudir ella al reclamo del coro de viandantes que se iban aglomerando alrededor del taxi. Ahora todos los cristales de las ventanas reflejaban los naranjas de los intermitentes de los vehículos que iban quedando atrapados en la trampa que aquella tarde les había tendido la calle Cordelería.

Pasaría más de media hora hasta que por fin se vieron liberados de aquello. La mayoría maldecía su suerte por no haber tomado otra dirección. La mayoría maldecía su suerte y maldecía al insensato que había cruzado con la cabeza baja.

Las puertas del hospital se abrieron como se abren las puertas de la vida. Las puertas del hospital se abrían porque no debían estar cerradas, se abrían por la fuerza de los gritos de los camilleros, se abrían por el aliento de aquellos hombres que llevaron flotando el cuerpo del joven cuya vida ya únicamente se conectaría con este mundo a través de un monitor y una bolsa de plástico.

—Las desgracias nunca vienen solas. Ya ves, hace dos semanas pierde a su paloma favorita y ahora le toca a él.

—Calla, hombre. Juan es un tipo fuerte; en una semana estará fuera y, con un poco de suerte, tiene la baja para un año. ¿Te imaginas?, un año para estar todo el día en el palomar a cambio de una semanita un poco jodida.

—Pues yo no me cambio. A mí me quitas a Roig y después este palo… No sé, tío, jamás entenderé tu forma de pensar...

—Lo que pasa es que tú no sabes entender la vida, siempre ves el lado malo…

La conversación de los jóvenes se vio interrumpida por la emoción de otro compañero.

—Ha abierto los ojos y ha sonreído. Lo va a sacar, seguro; lo va a sacar.

Juan no lo iba a sacar... El fuerte y seco golpe del automóvil le había reventado por dentro. Solo su juventud y su fe le mantenían con fuerzas para sobrevivir unos días más. Los cirujanos creían tenerlo bajo control, pero algunos detalles que la familia no quiso esclarecer se escaparon de la previsión de aquellos humanos vestidos con bata verde. «Total, para qué, nada nos va a devolver a nuestro Juan. Mejor acabar con todo eso y olvidar. El Señor así lo ha querido».

Antes de abandonar la vida, Juan pudo abrir los ojos, pudo regalarle una mirada a su mejor amigo, una mirada que solo aquel entendió.

«Me muero. Sineu regresará, cuida de él. Os quiero».

Este fue el último telegrama metido en el espolón de un gallo y atado a la pata de una paloma que Juan mandó, aunque esta vez lo hiciera únicamente a través de la mirada.

Durante muchos años, Juan y Daniel se intercambiaban palomas que luego iban liberando con un canutillo hecho con el espolón de un gallo, en cuyo interior habían depositado un mensaje: «Nos vemos a las siete en la soci» o «He visto a Maite esta tarde». Daniel y Juan utilizaban las mensajeras, sus amigas, en vez del teléfono, en vez del grito, en vez del recado.

—¡Eeeeeeeh, eh, despierta!

Sineu no dormía, aunque permanecía con los ojos cerrados. Ahora estaba pensando que había pasado así mucho tiempo de su vida. Tal vez era este el motivo por el cual sus ojos mantenían el color intenso, la vivacidad de un joven. Los cerraba y dejaba que su intuición hiciera el resto. Esta mañana había estado practicando, volando sin mirar, en círculos cada vez más amplios; luego pensaba, visualizaba dónde se encontraba en aquel justo momento y, milagrosamente, acertaba.

Cuando era un pichón, no entendía por qué no podía pararse en el aire. «Todos los seres pueden pararse en su medio; el hombre se para cuando quiere, y el pez y el caballo. En cambio, las aves no podemos parar en el aire; solamente en tierra al posarnos. Es como si al pez solo le estuviera permitido parar en el aire o al hombre en el mar». Si un ave cerraba alas, caía como una piedra, y esto le había sucedido cientos, miles de veces. Siempre en soledad, subía hasta lo más alto, sobrevolaba las golondrinas, sentía toda la opresión en sus pulmones, sentía la caricia de la pérdida de conciencia; entonces, plegaba alas, tenía que hacer fuerza, mucha fuerza para no abrirlas, y caía, alcanzaba una velocidad de vértigo y una nueva duda, una nueva cuestión: «¿Por qué demonios no vuelo igual de rápido en horizontal?». Por mucho viento a favor, por muy fuerte que remara, nuca volaba tan rápido como cuando caía.

—Eeeeh, Sineu —insistió Amat.

—Vamos... —contestó el rodado.

—Norte. Fíjate bien, Amat: estamos volando dirección norte. No quieras retener en tu memoria todo lo que ves. Las cosas cambian; ahora puedes pasar por encima de un árbol que a la vuelta ya no existe. Los hombres son capaces de talar un bosque en un tris tras. Esta carretera, que ahora está vacía, a la vuelta puede estar colapsada por el tráfico y te parecerá distinta. Debes fijarte solo en la dirección en que vuelas.

Amat junto a Sineu remaba con todas sus fuerzas, disimulaba su condición de paloma decorativa, ahuyentaba todos sus miedos con el esfuerzo. El rodado seguía dando consejos, volando pausadamente para no cansar a su compañero.

—Vuela rápido, Sineu, por favor; vuela a tope —le rogó el joven al rodado.

—¡Si ya estoy volando rápido!

—No disimules, hazlo por mí. Quiero saber hasta qué velocidad sois capaces de volar las mensajeras.

—De acuerdo, pero tú sigue volando dirección norte. Recuerda, el sol en la punta de tu ala derecha. No pierdas altura. Si aparece un halcón, te lanzas a un árbol, a una casa o al camión más cercano, ¿de acuerdo...?

Amat jamás había pensado que podría cruzarse con un halcón, pero cuando quiso preguntarle a Sineu, ya no pudo. Este se había alejado a toda velocidad. El joven intentó imprimir un ritmo mayor a su vuelo, pero no pudo. Sus músculos empezaban a estar cansados. Rápidamente, perdió de vista al rodado y, por segunda vez en su vida, se encontraba solo, volando solo, volando en completa soledad en un lugar desconocido por él.

«Norte, dirección norte», se repetía. «¡Pero seré imbécil!, ¿por qué demonios le he dicho que se fuera?».

Un silbido se iba acercando a Amat desde el cielo. El silbido, que duró menos de tres segundos, era la vibración de las plumas rompiendo el aire, rompiendo el silencio, partiendo en dos el tiempo; ese era el sonido que divide la vida y la muerte. Una mancha oscura pasó rozando la cabeza de Amat. Esta mancha arrancó su aliento, arrastró todos los pensamientos del joven blanco para dejar solo uno: Rotja. En aquel momento solo la imagen de ella, solo el nombre de ella cupo en el mundo de Amat... Rotja.

«Y yo todavía no la he amado...», pensó.

Pero la paz... ¿Dónde estaba la paz de la muerte?, ¿dónde estaba la recompensa a su suerte...? La vida, porque él halló su vida, era la vida, su vida. Rotja.

Unos metros más abajo, Sineu abrió las alas, paulatinamente, lentamente para no arrancárselas, para no romperse, para no desmembrarse. Sineu se había dejado caer desde trescientos metros por encima de Amat, atacó su espalda y pasó tan cerca y tan veloz que, si hubiese llegado a rozarle, habrían reventado los dos.

—¡Loooocooooo! ¡Estás loco! ¡Loco! ¡Completamente loco! Ya no eres un crío para ir haciendo estoooo. ¿Qué pretendías? ¿Matarme? ¿Matarte? Estás looooooooooooo-coooooooooooooo —gritó Amat.

—Yuuuhuuuuuuuu. Al norte. No te olvides: dirección norte... —Sineu, ahora junto a su compañero, no podía contener la risa—. Menudo susto te he dado. ¿Qué, has visto un halcón...? ¿No? Mira que eras blanco, creo que eras el palomo más blanco que he conocido, pero ahora eres todavía más blanco, hasta tus ojos se han vuelto como la harina.

—Deja de burlarte, ¿vale? Esta te la devuelvo, te juro que te la devuelvo.

—Baja, ve descendiendo, ahí, enfrente de ti, ve hacia aquel campo labrado.

—¡Y yo qué sé lo que es un campo labrado! Soy un simple pájaro de ciudad, ¿recuerdas?

—Venga, hombre, no me llores. Sígueme.

Los dos se posaron sobre la tierra recién girada. Tenían las alas entreabiertas, igual que la boca. Cada uno podía sentir los latidos del corazón del otro. Los dos se miraron fijamente, los dos rompieron a reír.

—Esto es un campo labrado o, mejor dicho, sembrado. Mira a tus pies —dijo Sineu.

Entre los dedos de Amat, granos de trigo, algunos ligeramente germinados, invitaban al festín. Pero el pichón se había quedado sin hambre, tenía la boca completamente seca, necesitaba un poco de agua fresca. Fue como si Sineu le leyera el pensamiento.

—Allí, junto a aquel pozo, hay un lebrillo con agua. A esta hora de la mañana aún está fresca.

Con un ligero y rasante vuelo llegaron hasta el abrevadero. Vieron su imagen reflejada en el agua contrastada contra el cielo, y Amat comprendió que era cierto, que realmente una paloma rodada o azul sería divisada con más dificultad por un halcón. Toda la vida, su familia, sus amigos le recordaban la suerte que tenía de ser como la nieve, pero ahora pensaba todo lo contrario: quería ser azul o rojo o de cualquier otro color. Pensaba que no sería capaz de regresar siendo blanco. Su amigo le había metido el miedo en el cuerpo con aquella broma.

—¿No bebes? —preguntó Sineu—. Está fresca y es limpia. Debieron de sacarla del pozo ayer por la noche. Algunas personas saben que en el mundo existen otras criaturas que necesitan de agua fresca, y en los sitios donde no discurre, ellos la extraen y dejan un poco para nosotros. Son gentes de campo, buena gente; aunque nunca debes fiarte de ningún humano, de ninguno.

Estuvieron comiendo buena parte de la mañana, charlando, contando aventuras Sineu y escuchando Amat, preguntando el segundo y respondiendo el primero. Ocho mudas era mucho tiempo; Amat no entendía cómo con semejante edad se podía tener tanta vitalidad. Si no fuera por la narizota, pensaría que el viejo rodado le estaba engañando y que, en realidad, no tenía más de tres o cuatro años. Apenas llevaban dos días juntos y, a pesar de las diferencias que existían entre ellos, se sentían como amigos de toda la vida. Sineu contaba cosas a Amat que jamás había contado antes y le ensañaba cosas que nunca enseñó ni tan siquiera a sus hijos. Amat escuchaba los consejos del mensajero como nunca escuchó los de otra paloma, cincelaba en su mente cada palabra de Sineu. Tal vez intuía que no estarían mucho tiempo juntos. Todavía no se atrevía a preguntarle lo que hacía allí, lejos de su palomar. Habían hablado de su familia, de su casa, de sus amigos, pero Amat desconocía si Sineu estaba perdido. No tenía necesidad de averiguarlo, sabía lo que no debía preguntar.

El sol acababa de pasar el mediodía y Amat se apresuró a comentar que ahora, si regresaban, lo harían sobre el ala derecha.

—Bravo. Bien, eso es, amigo, ya puedes ir donde quieras tú solo —dijo Sineu elogiándolo—. ¡El mejor alumno! Bravo.

Amat se elevó e hizo una pirueta en el aire. Notó cómo los músculos del pecho le dolían: tenía agujetas, unas tremendas agujetas. No quiso comentarlo, pero le pidió a su camarada si ya podían regresar y si esta vez lo harían como cuando volaron desde el puerto con el rodado cubriéndole las espaldas. Le rogó que no lo abandonara; aquella tarde se sentía impaciente por llegar a la plaza y quería hacerlo con toda la serenidad posible.

Emprendieron viaje hacia el sur. Sin forzar el ritmo, en media hora debían llegar a la ciudad. El blanco iba a la cabeza, era algo más duro, pues él era quien debía cortar el aire, pero, al mismo tiempo, se sentía más protegido al tener la retaguardia cubierta por el rodado.

Solo una idea, una fijación, hizo que este olvidara su cansancio. Era la determinación que había tomado por la mañana, por ello no se enfadó demasiado con el susto que le dio Sineu.

Al pensar que era el halcón quien bajaba del cielo, al creer que su vida acababa en aquel vuelo, solo tuvo pensamientos para ella, y aunque fuera otoño, aunque nadie en la bandada lo aceptase, volaba Amat con la determinación de proponerle compromiso a Rotja, de suplicarle a ella que se convirtiera en su pareja. Hasta entonces, nunca tuvo tanta necesidad de ella, pero ahora entendía que solo podría ser libre con su amor, con ella, porque a ella, a esa paloma, se sentía ligado.

Aquel vuelo le dio el tiempo necesario para pensar en detalles, para hacer cábalas, para llegar a calcular que, si se emparejaban ahora, con un poco de suerte sus pichones nacerían antes de Navidad y así podrían esquivar el frío de enero, pues las plumas ya cubrirían sus cuerpecitos. Pensó en preguntas y respuestas, cuestiones que le plantearía el resto de la bandada. Pensó en Rito, uno de sus mejores amigos, quinto suyo, del que sabía que también pretendía a Rotja, pero, sobre todo, pensaba en ella, en ella, en su forma de mirar, de volar, de comer, en la forma que tenía de tragar los granos cuando estos eran demasiado grandes. La imaginaba ahora, delante de él, estirando levemente el cuello y ladeando la cabeza para después entrecerrar ligeramente los ojos y sonreír... Su sonrisa, no existía otra sonrisa como la suya. Ahora que él era una paloma viajada, sabía que cuanto más mundo recorriera, más hermosa le parecería ella.

«¿Es esto el amor?», se preguntaba. Esta ansiedad que ahora le embargaba, esta necesidad de saber lo que ella estaría sintiendo, esta necesidad de decirle «te quiero».

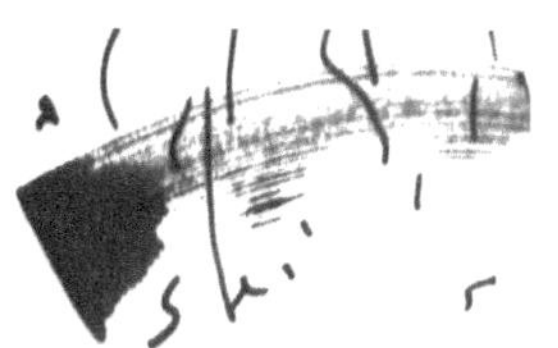

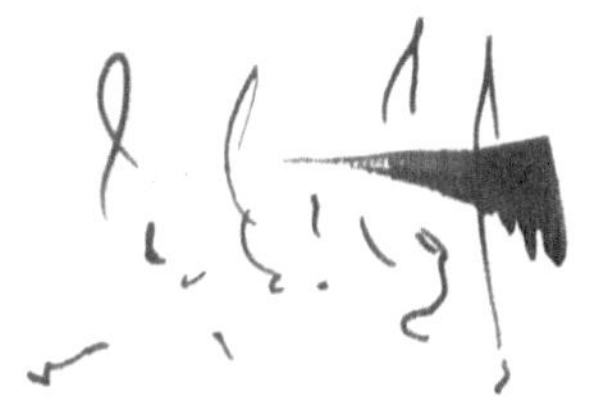

«Te quiero, te quiero, te necesito, no puedo estar ni un día más sin ti, necesito que estés conmigo esta noche, necesito acurrucarte, necesito tu ala junto a mi ala, tu cabeza junto a la mía, necesito mirar hacia donde tú miras. Te quiero, mi amor, y quiero que estés a mi lado, mi dulce paloma, mi vida. No entiendo cómo pude estar tanto tiempo tan cerca y tan lejos de ti. Te quiero, te amo».

El aliento de Amat junto al oído de ella. Cuánto tiempo había esperado Rotja este momento, cuantas veces pensó que acabaría con Timor o con otro, cuántas veces el corazón ahogaba su boca, y tantas veces Amat ni se enteraba de ello. Cómo podía un ataque de halcón cambiar su vida. Cómo pudo un segundo ser su suerte o su muerte.

Amat contó a Rotja que un halcón había arremetido contra él aquella tarde, pero que el destino le había ayudado; le contó que en el ataque el halcón se abrió el pecho contra el tendido eléctrico; le contó que aquellos cables, que tantas veces eran su peligro, esta tarde se convirtieron en sus aliados. Amat mintió como mienten los benditos, mintió sin hacer mal a nadie. De todos modos, solo fue el destino el que propuso que no fuera así, el que eligió que fuera Sineu y no el halcón el que cayera del cielo.

—Oh, Amat, te quiero, yo también te quiero y pienso todo el día en ti. Cuando te veo marchar con el desconocido, mi corazón se queda empeñado, colgado de un hilo. Pienso que no volveré a verte, pienso que conocerás a otra paloma lejos de aquí y que no…

—¡Pssiiii! Calla, mi amor. No sufras, nunca más me volveré a marchar. Se acabaron las partidas, nunca te dejaré sola. Volaremos siempre juntos en la plaza o donde tú quieras. Te quiero. Te amo.

Estaban sobre el reloj. Los últimos rayos de sol se filtraban por entre las hojas de la magnolia y llegaban tenuemente hasta ella, iluminando su cara. Amat observaba la belleza, la dulzura de su amada. Rotja debía su nombre a una pequeña pluma de este color que tenía justo detrás del oído, pero esto no suponía ningún problema, era casi imperceptible y, además, si venían los hombres del mono azul, solo tenía que ladear la cabeza para esconderla.

—Quisiera detener el tiempo, quisiera detener el sol allí mismo, quisiera dejarlo colgado o atado, ligeramente encendido, quisiera atrapar este rayito que ilumina tu cuerpo y guardarlo aquí, bajo mi ala, para regalártelo cada noche, cuando se mueren sus luces, cuando el sol se apaga. Quisiera observarte como ahora te miro, oler tu perfume de paloma blanca, la más bella, la más hermosa. Quisiera mirarte siempre, quiero junto a mí tenerte.

Pasó cerca de ellos, un grupito de jóvenes solteras, riendo y alborotando.

De repente, Rotja levantó vuelo. No era el vuelo del cortejo. ¡No lo era!

Un soplo de aire helado atrapó al galán. La más hermosa se unió a las demás.

Un temblor, un temor recorría el cuerpo de Amat.

«Pero ¿qué he dicho?», pensó. «Pero ¿qué he hecho?», se preguntó. Y Amat huyó.

Habría querido levantar vuelo como tantas veces vio que lo hacían los machos al recibir un sí por respuesta, habría querido batir sus alas, palmeando bajo su cuerpo, para luego desplegar el abanico de su cola, para rodear con su vuelo a su novia.

«Pero ¿qué pudo ser lo que la espantó?», se preguntaba.

Y Amat siguió huyendo, en vertical, en un vuelo imposible, hasta alcanzar la azotea del Banco de Crédito. Y allí estaba su amigo, observando la puesta de sol.

—Un largo día, ¿verdad? —dijo el rodado.

—El más largo —respondió Amat.

—¿Le has declarado tu amor?

—¿Cómo lo sabes? —respondió Amat con un tono mucho más maduro.

—Todos lo saben, ¿te has mirado en la fuente?

—No hagas que me avergüence, por favor.

—Pero ¿de qué tienes que avergonzarte, palomo? ¿De amar, de estar locamente enamorado? ¿De sentirte perdidamente ligado a aquella hermosa jovencita de ahí abajo? No…, no te avergüences de ello, no, amigo, mi joven amigo, bienvenido seas.

—Estoy perdido, no sé quién soy ni adónde ir. Ya no sé a qué lugar pertenezco.

—Amigo mío, mi joven amigo, si tú supieras…. ¿Perdido? Perdido estoy yo.

Se hizo el silencio. Durante unos instantes, el murmullo de las gentes de la plaza pareció cesar, el ruido de los coches y motos debió callar porque un silencio casi celestial cubrió la azotea del edifico del crédito.

—¿Puedo pasar la noche aquí arriba? —preguntó Amat—. No me apetece bajar.

—No preguntes. Es tu plaza, ¿recuerdas?

Al alba, una ligera brisa se levantó con el día. El joven apenas había dormido y su cabeza, una y otra vez, insistía en hallar respuestas a unas preguntas imposibles para él.

—Deja de pensar en ello o enloquecerás —dijo el rodado—. A todos nos ha pasado lo mismo. Las hembras son así. Ella te quiere, ¡si basta verla! Seguro que esta noche no habrá cerrado ojo esperando verte cruzar la entrada del quiosco, seguro que ahora estará reprochándose lo irracional de su huida. Pero es precisamente esto lo que las hace tan increíblemente atractivas para nosotros. Un consejo, joven amigo, no intentes comprenderla; solo quiérela, ámala realmente y harás de ella la paloma más dichosa de la tierra.

—¡Vamos!, hacia el este —dijo Amat con una ronca voz de garganta seca. Las lágrimas de la noche arrastraron su timbre y dejaron al orgulloso y joven pichón la irrefrenable necesidad de volar a contra viento.

—Tú mandas —respondió el rodado.

A los pocos minutos tuvieron que parar. Amat no podía ni con su alma ni con su cuerpo de plumas; al esfuerzo del día anterior se le sumaba la angustia de hoy. Bajaron hasta un huerto de naranjos, naranjos que dejaban algunos claros donde picotear las escasas semillas de pocas hierbas que medraban bajo las hojas de los cítricos. Comieron en silencio alternando el sol con la sombra. Estuvieron así hasta que el blanco voló, al tiempo que gritaba enloquecido.

—¡La quiero, la quieroooo! —gritaba entre risas.

El cándido palomo recobró la lucidez, entendió que no necesitaba entender, comprendió que no hay vergüenza que sentir, y se fue. Voló, voló solo, ahora con el viento a favor, y olvidó su cansancio. Voló como nunca había volado, con los ojos cerrados. Y Sineu, el rodado, se quedó allí, tranquilo, sonriendo, sabiendo lo afortunado que era su amigo por haberse encontrado.

«Hasta la tarde, joven amigo», pensó el rodado.

Amat llegó hasta la plaza en un suspiro; se quedó arriba dando vueltas, sin mirar abajo, esperando a que alguien subiera.

«¿Por qué al morir caemos al suelo? —se preguntó—. ¿Por qué no suben al aire las otras criaturas?».

Rápidamente, dejo de pensar en ello; un grupo de amigos remontó a la altura donde se encontraba Amat.

—¿Qué haces aquí arriba? ¿Dónde has pasado la noche? —preguntó Timor—. Estuvimos todos preocupados por ti, llevas un par de días muy cambiado. ¿Qué te sucede, Amat?

Amat no respondió, pero le tranquilizó saber que sus amigos no sospechaban que su actitud se debía a ese repentino enamoramiento que sentía por Rotja.

Y se dejo caer. Cerró las alas y cayó hasta casi el fondo del aire, hasta donde únicamente el aire se une con la materia, en una fea materia de color gris oscuro llamada asfalto, y se posó suavemente en medio de un rebaño de automóviles que iban dirigidos por luces de colores verdes y rojas. Anduvo entre ellos, pasó al lado de un humano que vendía periódicos junto a una de esas farolas de colores, notó lo caliente del suelo y despertó las bocinas de aquellos autos que iban sonando a medida que él cruzaba. Paró debajo un camión de altas ruedas, esperó a que reanudara su marcha para salir volando, catapultado al cielo. Se pasó la mañana haciendo tonterías, cosas sin sentido. Él no sabía por qué, pero lo hacía para llamar la atención de su joven amada. Y lo consiguió. Por fin logró que ella se acercara, no hasta él, sino que Rotja voló hasta el reloj bajo la hermosa magnolia donde la última tarde Amat le había declarado su amor.

«¡Ahora!», escuchó en su interior. «¡AHORA!», le dijo su propia voz. Ahora o nunca.

Y Amat voló palmeando las alas, cruzó por delante de ella batiendo su viento, con tal intensidad, con tanta fuerza que todas las palomas de la plaza pudieron darse cuenta de que el joven pichón pretendía a la bella. Era mediodía, de un día hermoso, era la luz, la armonía, y la bella voló. Aceptó ser su reina, y aquel instante quedó para siempre grabado en sus seres como el día primero de su nueva vida.

El rodado, al regresar aquella tarde, no vio a su joven amigo; tampoco preguntó por él, pero sin duda supo lo sucedido.

Pensó Sineu en su amada. «¿Dónde demonios estoy...? Quiero regresar».

—Sed felices, amigos míos. Sed felices —dijo Sineu en un arrullo.

Amaneció el día; era un día feo, con algo de viento y frío. Sineu esponjó su cuerpo de plumas, escuchó hablar el aire y absorbió todos sus mensajes. Noreste montaña y color verde. «Me gusta», se dijo, y se sintió fuerte, hinchó el pecho, llenó sus pulmones de brisa fresca.

—¡Sineu! ¡Sineu! —Oyó los gritos de Amat.

—Buenos días, amigo, y felicidades... —dijo el rodado.

—Sineu, tienes que bajar, estamos perdidos. Dentro de media hora, cuando el reloj marque las siete, tenemos asamblea en el quiosco. Ahora disponemos de media hora para comer algo, para prepararnos por si queremos hablar. ¿Bajarás?

—Pero ya me dirás qué pinto yo allí abajo; si tenéis asamblea, será para hablar de vuestras cosas —dijo el rodado.

—Pero tú conoces más mundo que todos nosotros juntos. Resulta que algunos compañeros escucharon a gente hablar sobre nosotras, las palomas, y lo que decían no era precisamente una declaración de amistad. Debieron de no enterarse bien… Es imposible. ¿Sabes lo que creyeron entender? Pues que los humanos quieren exterminarnos, dicen que transmitimos enfermedades a la piedra y no se qué burradas más...

—Yo también escuché algunos comentarios ayer por la tarde.

—Entonces bajarás. Hazlo por mí. Te lo pido por favor. Me debes una, ¿recuerdas?

La idea aterrorizó a Sineu. Tuvo la tentación de salir volando, de huir. Los ojos de su joven amigo eran una súplica. Amat insistió.

—Lo harás, ¿verdad?

—Bajaré. Diles que yo también les hablaré. Por cierto, ¿qué te ha sucedido? ¿Has estado peleando?

—Nada, solo unos rasguños. Bueno, lo dicho, primero debo pedir permiso. Si aceptan mi sugerencia, no te digo nada; bajas en un par de minutos. Si me ponen problemas, te aviso. Con los ancianos nunca se sabe.

Bajó el blanco y pidió permiso al consejo de sabios para que su amigo mensajero pudiera estar en la asamblea.

Sineu esperó lo indicado reflexionando sobre lo que les iba a decir, reflexionando levemente la situación.

«Maldita sea, por qué se complica la vida siempre, por qué si tenemos que vivir tres, cuatro o dos mudas, no las vivimos normal y, zas, se acabó. Siempre se tiene que ir complicando todo. ¿Y yo qué les digo a estos pobres infelices?, ¿que no críen, que dejen de tener hijos, que son una raza por extinguir…? ¿Y yo qué les digo…?».

El rodado, claro está, conocía perfectamente a qué tipo de comentarios se refería Amat. No ayer, días atrás, unos tipos vestidos de azul y blanco, con gorra, cinturón y una porra colgada de él, humanos que paseaban siempre en pareja, saludando a todo aquel que se les acercaba llevándose la mano a la sien, echaron algunos granos de maíz a Sineu.

—Ni blancos, ni grises, ni rojos. No va a quedar ni una sola paloma en la plaza. A mí me caen bien, pero, chico, hay que reconocer que lo dejan todo hecho una guarrería —dijo uno de los agentes.

—Como máximo aquí se quedan diez —añadió otro.

—Es que las puñeteras procrean a un ritmo…

Poco antes de las siete, el mensajero entraba al quiosco. Sería su condición de corredor la que hacía que siempre llegara con un poco de antelación a las citas, pero él no lo podía evitar. Cruzó el umbral de la entrada y se quedó quieto en una pequeña repisita que había soportado durante casi seis décadas el ir y venir de las palomas.

Uno de los primeros rayos de sol se colaba por un pequeño ojival prohibido al vuelo, pues su boca estaba sellada por una rejilla oxidada. La luz del astro dejaba ver las montañas en la lejanía e iluminaba los montículos de excrementos acumulados en el interior durante los cuatro meses transcurridos desde la última limpieza realizada por los hombres del mono azul en mayo, montículos que ya tenían vida propia con infinidad de insectos que abrían cavernas en la materia, gusanos que descomponían las verdes laderas de materia orgánica, abono para un huerto de hortalizas que cultivaba un pariente de los encargados de la limpieza del quiosco, y que esperaba en mayo aquellos sacos de excrementos descompuestos, ricos en nitrógeno y otros nutrientes naturales para alimentar de manera ecológica sus tomateras y lechugas.

Unos listones que circundaban el local, separados unos cincuenta centímetros de la pared, eran el soporte, lugar donde descansaban los más jóvenes junto con las hembras solteras y algún palomo indefinido. Un poco más arriba, los nichos intermedios, generalmente ocupados por las parejas y donde algunos jóvenes y desplumados pichones de apenas diez días hacían el amago de incorporarse desafiantes al ver al extraño. Y ya, arriba del todo, como en todos los palomares, vivían los machos, peleando, exhibiendo su virilidad y vigilando a las hembras que dormían más abajo. En el suelo, los nidos de palomos poco afortunados, de parejas tardías a las que no se les permitía un nidal preferente.

Sineu localizó a Amat a su derecha, con el pecho amplio, con su curvo cuello, y junto a este, Rotja, frágil paloma, pero sin duda bella. Tenía Amat ya un buen nicho para ellos; le bastó una tarde para ganarlo. A su izquierda, un maduro palomo de jardín, intentando esconder entre las sombras las heridas que Amat le había causado durante el combate por el nidal.

Recordó el rodado que muchas veces también él había tenido que defender a Pintada del acoso incesante de los palomos encelados; pudo casi sentir el agudo dolor de los picotazos en su nariz. En un segundo, golpeó su memoria la vez que, involuntariamente, su ataque dejó tuerto a un hermano mensajero. El remordimiento. «No tuve otro remedio», se dijo. «¡No pienses! ¡No pienses! ¡¡Vamos, entra!!».

—Buenas tardes —le dijo una vieja hembra que estaba a su izquierda sobre una pequeña estaca en la pared clavada—. Pasa y acomódate en nuestra humilde casa.

Sineu era un atleta, valiente, educado y tíííímido. Su boca estaba seca, quiso contestar y no pudo, se limitó a inclinar un poco la cabeza e, inmediatamente, saltó al suelo situándose al fondo. Discreto, buscó el lado oscuro.

Esperaron unos minutos, hasta que por fin llegaron todos.

Hablaron primero los sabios, luego los jóvenes, las hembras y, por último, algún viejo.

Había alarma, miedo, incluso pánico.

Las palomas decorativas habían entendido bien el extraño lenguaje de los humanos.

La intención de las autoridades era, cuando menos, realizar un severo control sobre la población de aves. Ya no se trataba de ser blanco, de evitar cruzarse con otra que tuviera color en su plumaje. El control se llevaría a cabo de forma aleatoria. Los tipos del mono entrarían y se llevarían a 30, 40 o 50 de ellas; las primeras que pillaran.

—Si me permiten… —dijo con tímida voz—. Si me permiten... —repitió. Parecía que nadie se había enterado de que el rodado quería hablar.

—¡Queréis callar! —gritó un viudo que se encontraba a su lado.

—Queridos amigos —continuó Sineu en un suave y pausado tono—, en mi humilde opinión..., mi consejo es... —El rodado no atinaba en encontrar la forma de empezar su discurso, iba a mentirles. El hedor en el quiosco se hacía insoportable, le ahogaba, y el rodado quería escapar de aquella situación. No era su mundo, no era su problema—. Mi consejo es que os tranquilicéis —continuó—. Los humanos hablan y hablan; antes de tomar una decisión, se lo piensan mucho y antes de entrar en acción, se lo piensan mucho más. A veces, os encontrareis con actos espontáneos que un día os perjudicarán y otro os beneficiarán, pero debéis aceptar esto como un accidente y nada más. En cuanto a los rumores de que somos consideradas como un peligro para otras especies, monumentos, etc., de verdad, olvidadlo. Otros problemas mucho mayores amenazan sin solución a las personas, y mañana igual algún investigador se da cuenta de que nosotras aportamos algo bueno a la humanidad, aparte de la compañía a los pobres ancianos que acuden al parque a compartir con nosotras sus vacías tardes, o que a los niños de las ciudades les ofrecemos amistad y juego sin malicia y los ayudamos a que conozcan una bella parte de su entorno… Y cuántas parejas de novios de humanos, cuando nos miran, se sienten con nosotros identificados. No os preocupéis, palomas, no acabará el hombre con nosotras. Habrá quien nos defienda y, si tenéis que marcharos de aquí, no os preocupéis, porque siempre os quedará el mundo. Siempre podréis… ¡volar!

Sintió el rodado más vergüenza de la que había sentido en toda su vida, no sabía muy bien lo que había dicho, pero tampoco esto tenia importancia. Buscaba agua con la mirada y no la vio, y allí adentro era imposible olerla.

«No entiendo cómo pueden respirar», pensó.

Recordó con qué pulcritud, su dueño limpiada todas las tardes, mientras volaban, el palomar; cómo después de los entrenamientos, al entrar a su querido hogar, no solo encontraban una variedad de alimentos extremadamente apetitosos, sino que, además, sus nidales estaban limpios de cualquier resto de excremento o de plumón. Recordó lo bien que olía, a viruta de pino y a desinfectante. Recordó también lo poco que le agradaba cuando debían desparasitarse y Él les preparaba un áspero y amargo brebaje.

Siguieron hablando todos los demás palomos de jardín. Parecía que no daban ninguna importancia a lo que había dicho el mensajero. Algunas palomas empezaron a volar por el interior del quiosco, cansadas de estar durante tanto rato quietas.

El rodado quería salir, le agobiaba aquel cuarto oscuro, y tenía sed, mucha sed. Miró hacia arriba en busca de su amigo y vio que Amat estaba acariciando a su novia con el pico, levantado las plumas de la cabeza de su amada, cosquilleando su nuca. Vio cómo cada vez más palomas se estaban olvidando de la asamblea, vio cómo otras alimentaban a sus crías o cómo los jóvenes machos se entregaban a juegos de adolescentes.

«Bueno —pensó—, acaso no era esto lo que tu joven amigo te había pedido». Ignoraba si había sido su discurso la razón, pero la vida en el palomar ahora ya transcurría con toda normalidad.

Amat voló hasta el suelo.

—Salgamos de aquí —le dijo Sineu—. Parece que la asamblea se ha terminado.

Efectivamente, ya nadie prestaba atención a los demás. La asamblea había concluido. Sineu sintió confusión y alivio al mismo tiempo. Volaron hasta la repisa por la que habían entrado. Una vez fuera, contemplaron la ciudad que ya había despertado y sin saber por qué sintieron esperanza.

—No quiero volar hoy, si no te importa —dijo Amat—. Me apetece quedarme aquí en casa, con ella.

—Claro que no me importa, yo en tu lugar haría lo mismo. Hasta luego, amigo.

—Hasta luego y gracias —dijo Amat.

El blanco palomo regresó al interior del quiosco, junto a Rotja, pues tenía la tarea de reafirmar sus derechos sobre su recién conquistado nidal.

El rodado se quedó unos segundos más en la repisa exterior del quiosco. Sintió la llamada de un humano. Extrañado por esta sensación, se dejó llevar. El inquilino del banco de piedra con respaldo de hierro fijó su mirada en el oscuro palomo.

—Ven, amigo, no tengas miedo.

Sineu, sin saber por qué, se acercó al viejo y desdentado humano. Podía entender con claridad lo que aquel hombre pensaba y tuvo la sensación de que tampoco podía ocultar ningún pensamiento a tan desdichado ser.

—¿Nos conocemos? —preguntó el rodado—. ¿Sabes quién soy? ¿Sabes de dónde vengo? ¿Sabes adónde me tengo que dirigir?

—No, no nos conocemos. Bueno, sí; somos seres semejantes, ¿verdad? —dijo el viejo mientras hacía girar el tapón de plástico de una botellita de agua medio vacía que guardaba en el bolsillo de su abrigo. Francisco dejó en el suelo el pequeño recipiente, llenándolo e invitando al rodado a que calmara su sed.

Sineu no sabía qué pensar. «¿Cómo es posible que sepa que tengo sed en lugar de hambre cuando todas las palomas siempre solicitamos comida?». ¿Por qué sin quererlo sentía una enorme y especial compasión por Francisco? Era la misma compasión que Francisco sentía por Sineu.

—¿Tienes respuestas para mí? —preguntó el palomo.

—¿Acaso tú las tienes para mí? —dijo el viejo paria—. Ven, acércate un poco más, no sea que los otros habitantes de la plaza «oigan» nuestros pensamientos y nos encierren en el psiquiátrico. Jejeje.

Francisco abrió su mano cerca del rodado y le regaló una mezcla de deliciosas semillas a Sineu, quien no dudó en ingerirlas rápidamente.

—Hace muchos años, tuve algunas palomas mensajeras, algunas extraordinarias, ya sabes, seres especiales como tú, palomas que me daban algo que no se puede medir con los sentidos de este mundo. Una de esas palomas me preguntó una vez por qué no podía parar en el cielo sin caer y yo únicamente puede responderle que era a causa de la gravedad. Poco más.

—Sí, esto tengo entendido…, la gravedad —asintió resignado Sineu.

—Pues bien —continuó el paria—, después de muchos años de reflexión y renuncia, después de hablar con infinidad de criaturas que habitan en la plaza —y Sineu pudo ver, en los entrecerrados ojos del viejo desdentado, a todos los seres a los que este se refería: el magnolio, los rosales, las moscas, las abejas, las cucarachas, los gorriones, las ratas, los gatos, los perros, incluso algunos humanos…—, puedo decirte que no consigues quedarte suspendido en el aire por culpa de Dios. Mira, Dios habita en el centro de la tierra. Todos los humanos, idiotas que se pasan la vida intentando convencer al resto de semejantes de que su religión es la verdadera e incluso llegan a usar la violencia para ello…, ¡seres despreciables!, ejem —carraspeó el anciano—, miran al cielo cuando invocan a su Dios, pero Dios está en el centro de la tieeeerraaaa. Los árboles, las personas, las palomas, incluso las cosas, las casas, todo, absolutamente todo, desde el momento en que nace, desde el momento en que es imaginado, se empeña en crecer, crecer hacia arriba; todo intenta huir de ese centro del mundo que ejerce una atracción constante hacia él, todos intentamos expandirnos. Las semillas de las plantas son lanzadas hacía el exterior intentando invadir una parte imposible de nuevo territorio, pero esas semillas caen al suelo y, únicamente, consiguen nacer y sobrevivir si echan raíces hacia el interior de la tierra… Los seres vivos únicamente somos capaces de reproducirnos cuando nuestra semilla logra llegar al núcleo de la semillas de nuestra pareja. Y todos sentimos que nuestro yo, nuestra alma, está en nuestro interior. Interior, interior, interior… ¿Entiendes?

—Madre mía —dijo el rodado en un tono muy serio—. ¿Y por qué me estás soltando este rollo? Yo únicamente estoy perdido y quiero regresar a casa. No se por qué me he acercado a ti, no entiendo nada de lo que me estás contando y me parece absurdo. Soy un ser con una fuerte convicción, nada puede distraerme de mi objetivo, que no es otro que regresar a mi hogar y estar cerca de mi amada. Pensé que podías ver mi interior, pensé que me darías alguna pista para poder hallar mi camino. Pensé que serías una luz en esta última mañana que voy a pasar en tu plaza. Y vas, y sin pedírtelo, me sueltas una historia que no hace otra cosa que confundirme todavía más. Yo soy un palomo seguro de sí mismo. Deja que me vaya. Te suplico que borres de mi mente todo lo que has dicho. Te suplico que me dejes marchar en paz. Dime algo positivo, estoy aquí junto a ti para eso, no para otra cosa. He sentido un impulso que me ha llevado hasta tu lado y estoy seguro de que no ha sido únicamente el agua o el alimento. Dime hacía dónde debo dirigirme, sé que tú lo sabes. ¡Ayúdame! —le exigió el rodado.

—Espera un minuto, un minuto más. Recuerda que acabo de darte agua limpia y fresca, acabas de comer de mi mano unas semillas llenas de nutrientes que te darán energía para tu travesía y que hacía mucho tiempo que ya no comías… A cambio te pido un minuto más. Los humanos jamás me escucharán porque no pueden hacerlo y el resto de los animales no quiere. Todos huyen cuando comienzo a hablarles de esas cosas. Únicamente «existo» cuando acaricio mi guitarra. Me queda poco tiempo. Yo, igual que tú, pronto abandonaré esta plaza. Y quiero que me prometas que vas a transmitir todo lo que te he dicho a otros seres vivos. No hay ninguna otra fuerza en el mundo tan constante como la gravedad. Ella es la única cosa que permanece inalterable de día y de noche, con calor o con frío; ella es la que diseña nuestra fisonomía; ella es la que nos hace a todos iguales, ya sea una gota de agua, una mota de polvo o una mariposa. Todos somos atraídos hacia el centro de la tierra con la misma fuerza. Ella es la única que nos hace exactamente iguales a todos y todos nos negamos a reconocer esta maravilla.

Francisco se quitó la gorra de pana que cubría su calva y, después de acariciar su cabeza, como si animara a sus ideas a aflorar, continuó.

—Únicamente al morir volvemos a ella y somos integrados en esa divinidad que es nuestro mundo. Fíjate, cuando dormimos, dejamos de resistirnos a esa fuerza de la gravedad. Cuanto más relajados dormimos, cuanto más felices somos en nuestro sueño, menos nos movemos porque no nos resistimos a la gravedad; estamos entregados a ella y eso nos da la armonía con el resto del mundo. Dios está en ti, en mí, en todo lo que nos rodea y todos formaremos parte de él en cuanto dejemos de luchar para alejarnos, esto es, cuando dejamos de «existir» y pasamos a convertirnos en materia divina: la tierra. Mientras, podemos disfrutar de la energía que formamos todos juntos, con nuestros colores, nuestros olores y formas particulares, nuestra diversidad, nuestra maravilla… ¡Jajajajaja! —se echó a reír el viejo—. A que ahora tu problema, el estar perdido, ¿no te parece tan relevante? ¿A que te da casi igual estar aquí o estar en tu palomar?

—¡Este loco amigo! No he entendido nada de lo que me has contado y menos entiendo por qué lo has hecho. Deseo regresar a mi casa por encima de cualquier otra cosa. Al acercarme a ti pensé que sabrías darme alguna pista, alguna indicación, pero veo que una vez más mi intuición me ha equivocado. Será que me he vuelto mayor, igual que tú, y estoy condenado a errar sin rumbo, lo mismo que tú haces.

—Debes volar hacia tu centro de gravedad —dijo el viejo—. Debes volar hacia tu interior. Desde allí jamás caerás. Vuela hacia tu casa, ¡¡vuela!!

Y voló Sineu, voló… Voló hacia el sur.

Al poco tiempo, ya estaba sobrevolando el mar, hoy un Mediterráneo oscuro al que las sombras de las nubes robaban sus habituales verdes y azules. Una luminosidad de platas. Destellos de los espejos del agua se reflejaban en el colorido ojo del rodado, quien notó la presencia de una gaviota sobre él. Ladeó la cabeza para poder observarla. No tardó el pájaro gris y blanco en emparejar su vuelo con Sineu y situarse justo a la misma altura de la paloma, volando muy cerca, tan cerca que el rodado podía entender con toda claridad lo que le iba a susurrar, incluso podía percibir el olor de la cera que protegía el plumaje del ave marina

—Hola, Sineu —dijo la gaviota.

Las plumas de la espalda del rodado se erizaron y notó cómo la sangre cosquilleaba sus oídos.

—¿Cómo conoces mi nombre? —dijo Sineu.

—Y tú conoces el mío —respondió la gaviota—. Soy Juan.

—¿Qué? ¿Eres Juan Salvador Gaviota? —exclamó un atónito Sineu.

—No, soy Juan, «tu amo».

—¿Qué? ¿Eres…, eres…, eres? ¡¡Él!!! Eres Él…. Pero ¿qué haces aquí? Tú…, tú… —balbuceaba el rodado— ¿¡Tú eres una gaviota!?

—Vamos, baja. Debes volar mucho más cerca de la superficie —advirtió Juan—. ¿O has olvidado todo lo aprendido? Estamos a menos de cuatro kilómetros de la costa y, si vuelas alto, un halcón puede llegar fácilmente hasta ti y abatirte en dos tiempos: primero, hará un picado para pasar muy cerca y rajar tu cuerpo con las uñas de sus garras a modo de cuchillas y, luego, recogerá tu cuerpo mientras caes desequilibrado. Si vuelas cerca de la superficie, el halcón no se atreverá a realizar un picado sobre ti, puesto que no le daría tiempo a frenar antes de romperse la crisma contra la superficie del mar.

Ambos estaban bajando a toda velocidad. Para cuando la gaviota empezó a explicarle el porqué de la conveniencia de la maniobra, Sineu ya se había dado cuenta y reaccionado…

—Bueno, ya estoy a salvo, gracias. Pero… ¿me puedes explicar qué haces aquí y por qué te has convertido en gaviota? ¡Llevo una mañana! —exclamó con aire desolado—. Pensaba que lo había vivido casi todo, pensaba que me había sucedido lo peor que me podía pasar cuando me perdí hace dos semanas, pero lo de hoy, lo de hoy… ¿Sabes?, entre todos me estáis rompiendo por dentro, me estoy volviendo loco.

—Tranquilízate, Sineu. Te veo bien, estás en buena forma y estás volando con la esperanza de llegar a tu hogar. Eso es lo importante, ¿no?

—Era. Ahora ya no sé lo que es importante. Creía que las palomas de la plaza eran idiotas, seres que pasaban por la vida sin una misión, sin importarles otra cosa que llenar sus buches y procrear. Pensaba que yo era un privilegiado por ser un atleta, por ser más rápido que la mayoría de las palomas… Y ahora, ahora, me siento el más desgraciado de todos los pájaros. Tú ya no eres tú… Entonces, ¿qué ha sido de mi casa, de mi palomar, de Pintada?

—Sigues siendo un gran palomo. Otros se habrían dado por vencidos y habrían entrado en cualquier otro palomar de mensajeras. Seguro que has visto pasar muchas durante estas dos semanas. Supiste aguantar. Si hubieras sido débil…, sabías que únicamente debías seguirlas hasta su palomar, sabías que así encontrarías fácil cobijo y una alta probabilidad de que el colombófilo que te recogiera te devolviera a tu hogar. Pero tú no te has rendido. Aquí estás, en un día gris y feo sobrevolando el mar, desafiando tu destino, buscando el rumbo que te lleve hasta tu amada… Por eso estoy aquí, porque eres muy especial, ¡único!, y debes sentirte orgulloso pase lo que pase.

—Esta mañana, antes de emprender el vuelo, he estado hablando, bueno, casi no hablé, más bien escuchando a un viejo humano. Me ha dicho cosas muy extrañas que no alcanzo ha entender, me ha hablado de la gravedad, de Dios, de que todos somos tierra… No entiendo lo que me decía y menos por qué lo hizo.

—¿Y cómo era ese humano? —preguntó Juan.

—Era viejo. Casi siempre estaba solo, era como si apenas existiera para unos pocos. Él fue quien me dio el primer grano de maíz el día que llegué a su plaza y hoy me ha dado el último alimento antes de partir. Tocaba una guitarra que guardaba en una funda de lona. Un tipo muy extraño. Y no me preguntes cómo lo sé, pero creo que se llamaba Francisco.

—¿Te fijaste en si la funda de la guitarra llevaba colgado un pequeño broche en forma de paloma sobrevolando el mundo?

—Sí —respondió asombrado Sineu—. Sí…

—Ese hombre, ese ser, hace muchos años que dejó de existir para el resto de los humanos. Él fue quien me enseñó lo que era una paloma mensajera. Él… Bueno, él, un día, se perdió a sí mismo; empezó a pensar cosas sin sentido, dejó de ser él, perdió su trabajo y a su familia, se abandonó. Ese hombre era mi abuelo y murió hace muchos años. A quien viste, con quien hablaste ya no era una persona; era un ser que ya no pertenece a este mundo.

—¿Me estás diciendo que yo ya estoy muerto y no me he enterado?

—¡Nooo! Estás vivo, claro que estás vivo. Te estoy diciendo que estás en un lugar muy distinto del que habías estado hasta ahora. Yo también desconozco la razón de todo ello. Bueno, me parece que debo regresar. Me estoy alejando mucho de la costa y no soy más que una gaviota…

—Espera, no puedes irte así. Y yo… ¿adónde debo ir? Sabes cosas que yo ignoro, me hablas de la existencia de seres que no existen… Tú mismo te has convertido en gaviota… ¿Por qué lo hiciste? ¿Por qué dejaste de ser humano?

—No fue mi voluntad. Tuve un accidente. Me atropelló un taxi la misma tarde en que te perdiste. No fue nada. Bueno, sí. Un trance muy duro para mi pobre madre…, pero ya pasó. Ahora soy una gaviota y no debo pensar en ello. Ahora puedo practicar todos aquellos vuelos que os explicaba en el palomar —dijo Juan sonriendo al tiempo que le guiñaba un ojo al rodado—. Vamos, vuela, amigo, ¡¡¡VUELA!!! —le gritó mientras se alejaba.

Y el rodado voló, siguió con su vuelo hacia el sur…

Tras unas tres horas batiendo sus alas sobre el mar, intentando no pensar, masticando el aire salado y fijando su mirada en el brillo del horizonte, divisó tierra.

«Tierra, tierraaa. Vamooos, vamooos», se decía al tiempo que imprimía un mayor ritmo a su vuelo. Rezó a su modo para que no fuesen acantilados la entrada desde el mar, ya que estos solían estar plagados de halcones, «los grandes depredadores de palomas». Los halcones habían sido declarados especie protegida por los humanos y, en consecuencia, habían procreado con gran facilidad las últimas décadas. Las orillas escarpadas de todo el Mediterráneo occidental estaban plagadas de esas temibles rapaces…

Cuando se encontraba a unos siete u ocho kilómetros de la costa, pudo ver que tenía una entrada franca de más de diez kilómetros de amplitud, con playas y zonas urbanizadas. Tomaría tierra por un punto civilizado y de apariencia amable para una desorientada paloma mensajera.

Y así fue. Entró en tierra tomando altura, lo hizo sobrevolando un pinar que dejaba poblaciones y puertos a ambos lados. Se adentró en tierra firme unos kilómetros más hasta llegar a una ciudad. La cruzó de sur a norte, sobrevolando plazas sobre las que pudo observar algunas palomas decorativas junto con otras cimarronas. Pasó por encima de palomares de mensajeras y paró sobre una torre eléctrica cerca de un gran edificio solitario que estaba rodeado por una alta reja metálica.

«¿Trescientos?», se preguntó. «Quizás algo más», se dijo. Era la mayor distancia volada en un solo día desde que se había perdido. El sol estaba en todo lo alto y todavía le quedaban unas seis horas de luz para intentar otros trescientos o cuatrocientos kilómetros. Pero primero bebería un poco. Tras unos minutos retomando el pulso y observando el edificio, quiso suponer que, en aquel lugar, probablemente, habría un buen abrevadero. Lo sobrevoló a baja altura y a una velocidad que le permitiera otear todo cuanto pudiera haber de interesante en su interior y acabó posándose sobre una garita que se elevaba en una de las esquinas del recinto. Un gran patio con algunos humanos paseando y una pequeña fuente «seca».

Se acababa de posar en la garita de un centro penitenciario.

En un rincón del patio, estaba sentado directamente sobre el suelo un joven humano, único ser que se había percatado de la presencia de la alada.

Sineu abrió las alas y sin apenas aletearlas se acercó a ese joven que lo miraba fijamente. Aterrizó a unos tres metros del humano y comenzó a andar dibujando medios círculos frente a él.

«Tranquilo, amigo, tranquilo. No temas, paloma. No te haré daño», le decía el joven con el pensamiento.

«Lo sé. Pero no debo fiarme. Algo me dice que no debo fiarme. Dame agua, tengo sed, ¡tengo sed!», decía Sineu con la esperanza de que el humano entendiera lo que pensaba, lo mismo que él había entendido los pensamientos del joven recluso.

—Tienes sed, ¿eh? —dijo el presidiario al tiempo que se incorporaba y se dirigía a la fuente para accionar la palanquita que haría brotar el agua…

Sineu voló tras él. El joven se distanció unos pasos de la fuente y el rodado se abalanzó sobre el agua, bebió y bañó su cabeza y su nuca. Nunca había sido tan impetuoso en su relación con los humanos, siempre era mucho más reservado.

—Andas perdido, ¿eh? —preguntó el joven.

—Sí, ¿cómo lo sabes? —respondió Sineu.

—Las palomas no andáis solas por ahí, sois animales gregarios. Únicamente las mensajeras como tú, cuando vuelan de regreso a casa, se ven obligadas a hacerlo, y solo en algunas ocasiones, en solitario. Y por tu ansia al beber y no salir disparada inmediatamente entiendo que andas perdido.

—Sabes mucho de palomas mensajeras —dijo un asombrado Sineu.

—Fuera tengo un palomar. Me quedan tres meses para salir. Para entonces será el momento de formar parejas… Tengo algunos cruces nuevos en la cabeza…

Se iluminaba la mirada del preso cuando pensaba en sus palomos y las cábalas que hacía imaginando el vuelo de los nuevos pichones fruto de cruces de sus mejores competidores.

—¿Y dónde está tu palomar? —preguntó él mirando a su alrededor y al cielo como si indicara que no veía a ningún mensajero volar.

—A unos seis kilómetros de aquí, cerca de la costa. No es muy grande, pero está muy bien orientado y tengo un par de muy buenos ejemplares. Si te quedas por aquí esos tres meses que me faltan para salir, te puedes venir a casa. Tienes pinta de ser una buena paloma. De tu edad ya no quedan muchas dando vueltas —dijo Carlos mientras se acariciaba la barbilla con sus dedos pulgar e índice, como queriendo averiguar si realmente era un palomo interesante para la reproducción el ejemplar que con el que estaba charlando.

No le hizo falta mirar la anilla detenidamente, por su color supo el año de nacimiento de Sineu. Las anillas de nacimiento tenían un color distinto cada año, eso facilitaba una rápida identificación de la edad de cada animal.

—Tres meses es mucho tiempo, debo regresar cuanto antes. Llevo dos semanas perdido. Sé que en ese tiempo han sucedido muchas cosas en mi palomar y algunas no muy buenas. Espero encontrar mi casa esta misma tarde, antes del anochecer. Si para entonces no lo he conseguido, seguiré volando sin parar hasta que reviente mi corazón. Ya no puedo más. Se me hace insoportable estar fuera de mi palomar, lejos de mi nidal, sin mi amada.

—¡Y cómo puñetas sabes lo que ha sucedido en tu palomar si no estabas allí!

—Lo sé.

—No hagas caso de lo que se cuenta por ahí. Los chismorreos no son buenos. Y los de las palomas, tampoco. Haz caso únicamente a tu cabeza y piensa de manera optimista. Que no te importe lo que te digan ni comenten de ti. ¡Únicamente debe importarte lo que piensas de ti mismo! No alimentes el mal rollo y mucho menos la envidia, ni el odio. Es la única manera de sobrevivir.

Carlos se metió las manos en los bolsillos y las volvió a sacar como si quisiera mostrarle a Sineu que no tenía absolutamente nada que ofrecerle. Y que sobrevivía encerrado en un lugar al que tampoco pertenecía.

—No te preocupes, estoy bien. Únicamente necesitaba beber y refrescarme. Ve a ver a tus palomas pronto. Seguro que te echan de menos. No esperes tanto. Tampoco parece este un sitio muy divertido… —dijo Sineu.

—¡Jajaja! —se le escapó una carcajada a Carlos—. Lástima que tengas tanta prisa por marcharte. Tu presencia aquí haría de este lugar un sitio mucho más agradable y divertido. ¿Sabes?, le he hablado en alguna ocasión al alcaide de vuestra existencia y de la capacidad que tenéis para encontrar el camino de regreso a casa. Le he explicado lo interesante que sería para el resto de los reclusos la construcción de un palomar en el recinto. Sin duda, podría ayudarlos a la integración, a mejorar su autoestima y, sobre todo, a aprender a querer y a dejar ir a lo que se quiere. Aprenderían a esperar, a lamentar las pérdidas con resignación, y los ciclos y los años transcurrirían mucho más rápido entre la cría, la educación, los entrenos y los concursos. Porque, claro, el palomar podría también estar federado y competir contra el resto de los palomares de la zona. ¿No te parece buena idea? Vamos, quédate unos días, a ver si hay suerte y puedo mostrarle al alcaide lo que es un auténtico ejemplar de paloma mensajera.

—Debo irme. Me ha gustado mucho conocerte y lo que me cuentas suena muy bien, me tranquiliza mucho, parece de este mundo... —concluyó Sineu, al tiempo que hinchaba sus pulmones y aleteaba sin levantar todavía el vuelo.

—Ya veo. No hay forma de convencerte para que te quedes, ¿eh? ¿Y si te digo que directamente vas a formar parte de mi cuadro reproductor? Quédate tres meses cerca de aquí. Puedo arreglármelas para darte buena comida todos los días y puedes dormir en aquella garita —dijo Carlos, a la vez que señalaba con la cabeza la garita donde Sineu se había posado al llegar al centro penitenciario—. Vamos, amigo. No tengas miedo —insistía Carlos mientras se agachaba y estiraba el brazo mostrando el envés de su mano—. ¿Ves?, no voy ha hacerte daño. Vamos, rodado bonito, quédate.

—No puedo. Hoy debo encontrar mi palomar. Quizás algún día vuelva a este lugar. He aprendido que las cosas pueden cambiar muy rápido.

—Pues no tardes mucho. ¡¡¡En tres meses estoy fuera y no pienso regresar jamás!!! Última oferta antes de bajar el martillo —intentaba el joven colombófilo convencer a Sineu por todos los medios—. Me han ofrecido una palomita bariolé. Por lo visto está viuda, era de un joven colombófilo que falleció hace poco en un accidente y están cediendo y repartiendo sus palomas…

—¡¡¡Noooo, noooooo, noooooooo!!! —gritó mientras saltaba al cielo, batiendo alas descoordinadamente.

Carlos se lanzó sobre él intentado agarrar entre sus manos la esperanza para los próximos tres meses… Se escurrió Sineu entre los dedos de Carlos, como si de una anguila se tratara, y quedaron entre el puño apretado del humano un par de plumas de la cola del rodado.

—Perdón, perdón, perdón —susurró—. No quería hacerte daño, no quise arrancarte ninguna pluma. ¡¡¡Vuela!!! —gritó—. Buena suerte, amigo.

Escondió Carlos las plumas del rodado en el bolsillo del pantalón, como si fueran una valiosa joya. Esa noche dormiría con ellas bajo la almohada con la esperanza de borrar sus pesadillas y soñar con sus amadas palomas.

Sineu salió despavorido de aquel recinto y sin dar vueltas de orientación se dirigió con los ojos entrecerrados hacia el sur. ¿Y por qué el sur? ¿Por qué esa determinación? Tal vez porque, sin razonarlo, sabía Sineu que aquella tarde iba a formarse una tormenta y que la encontraría si volaba en esa dirección.

Frente a sí, a unos sesenta kilómetros de distancia, divisó un cambio de color en el horizonte. Un cielo encapotado y, a lo lejos, justo en su trayectoria, una franja de color plomo oscuro se fundía con el mar.

«La lluvia —le gritó su corazón—, la lluvia». Y remó Sineu con todas sus fuerzas, remó Sineu sus frágiles plumas entre el denso aire de agua salada.

Y voló hacia el sur, con la brisa del noreste. Voló en soledad, con esa insoportable soledad de quien sabe que no pertenece a ningún sitio de los que recorre, con la inseguridad de quien ignora hacia dónde se dirige. Pero voló Sineu, voló hacia el sur, con la brisa del noreste. Estaba solo, en mitad del mar. Sobrevoló un enorme barco carguero y no paró. Bajó hasta abajo, hasta donde casi no se puede volar, hasta allí donde las gotitas de mar levantadas por el aire iban dejando un manto de sal sobre sus alas. Batía su vuelo Sineu contra su sombra. Contra el viejo loco. Contra el joven preso. Batía sus alas con la inocencia de su amigo Amat. Con la fuerza de su amor por Pintada... Y siguió hacia el sur con los ojos cerrados, con la esperanza de que esa tarde iba a encontrar por fin su casa, con la esperanza de no encontrarse a nadie más en su camino.

Voló Sineu con la dulce compañía de la soledad.

Voló Sineu hacia el sur, con la esperanza...